LAURA BUSH y JENNA BUSH

¡Leer para creer!

Ilustrado por **DENISE BRUNKUS**

Traducido por Yanitzia Canetti

rayo

Una rama de HarperCollinsPublishers

Dedicado a G.W.B y B.P.B.,

cuyo amor y humor iluminan nuestras vidas,

a los Tito López de todas partes y a los maestros que los inspiran

—L.W.B. y J.W.B.

Al amor y a la sabiduría de mis mejores maestros:

Mamá, Papá, Richard, Dennis y Karen

—D.B.

Rayo es una rama de HarperCollins Publishers.

¡Leer para creer!

Texto: © 2008 por Laura Bush y Jenna Bush

Ilustraciones: © 2008 por Denise Brunkus

Traducción: © 2008 por HarperCollins Publishers

www.harpercollinschildrens.com

Library of Congress ha catalogado la edición en inglés.

ISBN 978-0-06-156253-2

Diseño del libro por Martha Rago

1 2 3 4 5 6 7 8 9 10

❖

Primera edición Rayo, 2008

En la escuela mando yo: Tito López.
Soy un estudiante experto y el chistoso del salón.

Aquí están mis compañeros. El genio de las gafas es Edmundo. La de las piernas largas como ramas es Julia. Y este es mi mejor amigo, el Gran-D.

Nosotros mantenemos el orden en la clase.

Esta es la señorita Librus, la maestra del curso. Es buena gente, pero no siempre estamos de acuerdo.

¡Leer para creer!
LISTA DE LIBROS

* Clifford, el gran perro colorado
* ¡La señorita Nelson ha desaparecido!
* Los osos Berenstain van a la escuela

—Tito, ¿cuál es tu libro favorito?

ATLAS
Diccionario

Le dije que los libros ya pasaron de moda.

No es que deteste los libros; pero tampoco **me encantan.** Prefiero jugar con mis amigos al *corre-que-te-pillo* y a la pelota con mi papá, y ayudar a mi mamá a sacar las malas hierbas del jardín. Esas son cosas de la vida *real.*

Como te dije antes, yo soy quien manda en la escuela. Me encanta dejar al señor Numeroski rascándose la cabeza cuando resuelvo el problema del día, ¡todos los días!

La señorita Sapofrío cree que sus experimentos nos darán asco. ¡Pero a mí todo eso me fascina!

*No trates de hacer esto en tu escuela.

Y por supuesto, ¡yo soy el rey en el recreo! Estoy en todas partes. Bueno, en todas partes, menos en un lugar . . .

La señorita Librus siempre dice:

—¡Tito, la biblioteca es un lugar fabuloso! Nunca sabes a quién vas a encontrar en un buen libro.

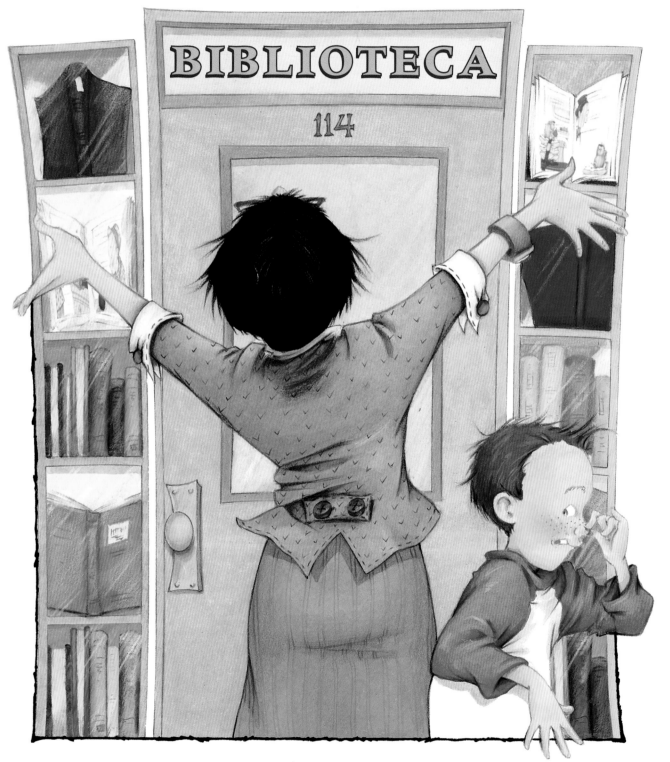

Y yo digo: —¡La biblioteca es aburrida! Sólo tiene páginas polvorientas.

Cada día, después del almuerzo,
la señorita Librus nos lee algo.
Yo me siento atrás y aprovecho ese tiempo
para hacer cosas más importantes.

Pero un día *todo* cambió . . .

La señorita Librus estaba leyendo un libro sobre un astronauta, y a mí se me ocurrió lanzar una nave espacial con destino al pizarrón.

* Plutón, que antes pensábamos era un planeta.

—TITO, por favor. ¡Reserva la nave espacial para la clase de ciencias y escucha! A todos les encanta este libro —dijo la señorita Librus.

Yo los observé a todos. La señorita Librus tenía razón. Nadie, ni siquiera Julia, había prestado atención al lanzamiento de la *Nave Espacial López*.

Así que me puse a escuchar con ellos. Y ocurrió algo muy extraño: me empezó a *gustar* la hora del cuento. Entonces todo mi mundo se volteó patas arriba . . .

Durante *Halloween*, la señorita Librus nos estaba leyendo un cuento espeluznante sobre un fantasma llamado Gaspar, cuando Gaspar—el fantasma en persona—apareció, de pronto, y dijo:

A cada rato aparecía un personaje diferente.

Durante un relato sobre los Fundadores de la Patria,
Benjamín Franklin entró en el salón volando un cometa.

El Día de San Valentín, la señorita Librus nos leyó un cuento
de hadas. Y justo cuando el príncipe iba a salvar a la princesa,

entró por la ventana un dragón lanzando llamas.

En primavera, la señorita Librus comenzó a leer un libro sobre un cerdito. Apenas terminó la primera página, cuando un puerquito regordete apareció a mi lado en la alfombra.

Al principio no lo queríamos en nuestro salón.
Era sucio y revoltoso. Comía las más asquerosas combinaciones de las sobras del almuerzo.

Pero a medida que pasaron las semanas, nos fuimos enamorando de aquella bola de grasa. Era un cerdito ingenioso y cariñoso.

Julia le enseñó buenos modales, y él comenzó a comer como todo un caballero. Ocupó incluso mi puesto como "el chistoso del salón". Sus bromas eran muy divertidas.

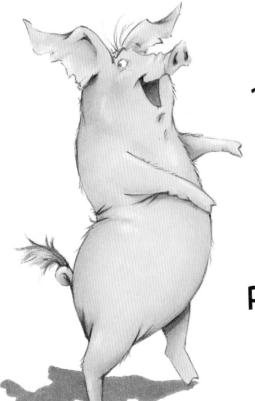

—¿Qué hace una familia de cerdos en un banquete?*

Pero un día
ocurrió algo terrible,
un verdadero crimen . . .

*¡Comer como cerdos!

Un lunes lluvioso, la señorita Librus terminó de leer el capítulo final del libro. En cuanto ella lo cerró, el cerdito desapareció y

nunca
regresó.

Cundió el pánico en toda la clase. ¡A todos nos encantaba nuestro puerquito!

A la hora del recreo, yo
decidí lo que había que hacer.

—No se preocupen, este cerdo-secuestro es una misión perfecta para Tito y su banda —les dije—. Gran-D, Edmundo, Julia, ¡de prisa! ¡Resolveremos este caso aunque sea lo último que hagamos!

Julia pensó que el cerdito estaba en la cafetería.
—¡Apúrense! ¡La señora Puré cocina **todo** lo que cae en sus manos!

Por suerte para el cerdito, teníamos espagueti de almuerzo.

Edmundo creyó que tenía una pista: —Esos *oincs* que vienen del salón de música de la señorita D. Safina deben ser de nuestro cerdito.

Pero no . . . era sólo la clase de kindergarten que cantaba "*En la granja del tío Juan*".

Estábamos a punto de perder las esperanzas cuando Gran-D hizo un descubrimiento importante en el caso.

—¡Ya lo tengo! Apuesto a que el entrenador Pérez lo ha reclutado para el equipo de fútbol. ¡Sería increíble en la defensa!

Pero otra vez, no había pistas. El entrenador Pérez nos dijo que no había visto al cerdito por ninguna parte.

El recreo estaba por terminar y todavía no teníamos
señales de nuestro cerdito.

—Señorita Librus, hemos buscado a
nuestro cerdito *en todas partes* y aún
no hemos resuelto el caso.

—¿Están seguros de que lo han
buscado EN TODAS PARTES?

¿En *todas partes*? ¡Claro! Era cierto, no lo habíamos
buscado en *todas partes*. Había un lugar al que no
habíamos ido. Reuní a mis amigos, ¡y corrimos a salvar a
nuestro cerdito!

Con gran valor,
fui a donde nunca
había ido antes.

Y allí . . .

¡estaban todos! Benjamín Franklin, el fantasma Gaspar,
el dragón, y en medio del salón . . .

Y entonces tuve la idea más **brillante** que he tenido JAMÁS.

—Señorita Librus, ¡quiero que leamos aquí, en la biblioteca!

—Recuerda lo que te dice Tito López:
Si no abres un libro,
nunca vas a saber
a quién puedes conocer.